图像小说

Agatha Christie®

无人生还

AND THEN THERE WERE NONE

〔英〕阿加莎·克里斯蒂 原著

〔法〕帕斯卡尔·达沃兹 改编 〔法〕卡利克斯特 绘

范晓菁 译

人民文学出版社

PEOPLE'S LITERATURE PUBLISHING HOUSE

著作权合同登记号 图字 01-2022-2933

AGATHA CHRISTIE
And Then There Were None Graphic Novel
by Pascal Davoz , Callixte

图书在版编目 (CIP) 数据

无人生还 / （英） 阿加莎·克里斯蒂原著 ；（法） 帕斯卡尔·达沃兹改编 ；（法） 卡利克斯特绘 ； 范晓菁译. -- 北京 ： 人民文学出版社， 2022（2025.1 重印）
（99 图像小说）
ISBN 978-7-02-017340-2

Ⅰ. ①无… Ⅱ. ①阿… ②帕… ③卡… ④范… Ⅲ. ①长篇小说一英国一现代 Ⅳ. ① I561.45

中国版本图书馆 CIP 数据核字（2022）第 135321 号

责任编辑 朱卫净 杜玉花
装帧设计 钱 珺

出版发行 人民文学出版社
社 址 北京市朝内大街166号
邮政编码 100705

印 刷 凸版艺彩（东莞）印刷有限公司
经 销 全国新华书店等

字 数 60千字
开 本 965毫米×1270毫米 1/16
印 张 5
版 次 2022年10月北京第1版
印 次 2025年1月第3次印刷

书 号 978-7-02-017340-2
定 价 98.00元

如有印装质量问题，请与本社图书销售中心调换。电话：010-65233595

1939年8月18日，
德文郡
女士们、先生们，
查票了。
不好意思，我的侄子以前在威斯敏斯特法院担任司法助理……我有时会送他上班。您是不是……
沃格雷夫，
沃格雷夫法官，
刚退休不久。
啊，退休！
一个未来的职业。
除了那些被您判了强迫劳动的人，哈哈哈。
呵呵呵。
好了，女士们、先生们，
旅途愉快！
沃格雷夫正义感十足，
却极其缺乏幽默感，
他认为幽默是低俗的。
天气炎热，劳伦斯·约翰·
沃格雷夫感到燥热不堪。
他想起那份士兵岛的邀请，一份无法拒绝的邀请。随后，他在对大海的思绪中渐渐睡去。

西里尔！！！
冷静一下，小姐。您一定做梦了……
是的……一个非常糟糕的噩梦。
肯定是因为这酷暑。你是去度假吗，年轻人？
不是的，我在士兵岛找了一份八月的临时工作……
那座“大名鼎鼎”的士兵岛？这运气！
？

看来鄙人也同样幸运啊，请允许我自我介绍：鄙人菲利普· 隆巴德船长。我也正好受邀去那座岛工作几日……
真的吗？太巧了！是什么样的工作呢？
我倒也想知道具体做什么……我之前收到了一份数额可观的定金，是某个我完全不认识的叫欧尼姆的庄园主的代表——某个叫伊萨克·莫里斯的人预付的。
您呢，小姐？是不是也是这个莫里斯……
哦，不，我的工作合同是与庄园主阿尔维纳·南希·欧尼姆直接签的……我对她一无所知，一切感觉都很神秘。
如果神秘面纱后面是个美人，那也就不虚此行了。
您是拈花高手吧？
不，我只是常常拜倒在石榴裙下。
这个人挺有意思，感觉是个冒险家。也许有点高傲……或许还有些残酷？
很迷人……虽然一副学校老师的样子，但估计能相处得不错。

2ND CLASS
我的天啊，真是酷热难耐啊！
魔鬼都受不了吧。一开始就让人这么难受！
还有那份邀请……我都记不起来的一个人……签名也不清楚……
这些人连字都写不好！阿尔维纳……N……欧……欧，究竟是谁？欧尼瑞？欧诺瑞？欧什么？也许是奥利弗……那个议事司铎的姐姐……好久以前的事了。
不过不管什么名字，这可是天上掉下的馅饼：在奢侈的度假胜地免费旅行。必须认真享受。
感谢老天！
约翰·戈登·麦克阿瑟将军并未弄清楚这个欧尼姆究竟是谁……“您以前的几个老战友也会在，他们热切期待和您叙旧。”
老战友？真有意思，因为自从他妻子过世之后，他就没剩几个朋友了。
还有这个士兵岛……所有的那些谣言……人们说什么来着？好像是海军大臣在掌管这里？或者是国防大臣？海军？
也许是因为退休将军的身份才收到这份邀请的吧。
一个极尽奢华的地方……
BDW 218
真让人迫不及待！快点到吧！

爱德华·乔治·阿姆斯特朗医生的莫里斯车的引擎轻声轰鸣。一桩生意正顺风顺水地进行，和他成功的医生事业一样。
??!
BDW 218
蠢货！这家伙疯了吧！
一份含糊的邀请，但支票可一点都不含糊。从金额来看，这家姓欧尼姆的应该是腰缠万贯。欧尼姆拒绝去任何医生的诊所……女人的臭脾气……丈夫请大夫到家，就为了开一张医嘱。
幸好女人们都有臭脾气，这对生意可是好极了……
SSD 812
那个蠢货的名字叫安东尼·詹姆斯·马斯顿。
真是难搞，这些开在路中央的人！开得慢就常看看后面吧，该让路的时候就让路呀。
岛上都会有谁呢？有些小明星的话就会挺不错的，然后再有个上档次的吧台。
瞧瞧，说到吧台，非得喝一杯金汤力不可了。
THE ROAD
过了一会儿，马斯顿再次全力加速上路。
他已经两次因超速被吊销驾照了，可神灵保佑他，也就耽搁了他几天的时间。
SSD 812
上一次是什么时候？啊，对了！是我撞了两个可怜的小孩儿那次，不幸的车祸，两个都没能活下来，可惜了。

HYG 987
威廉· 亨利· 布洛尔，私人侦探，前警局探员，正在想自己要用什么假名。
戴维斯先生？对，就这个名字。我就是戴维斯先生，南非的富翁。
名单有了：麦克阿瑟将军，阿姆斯特朗医生，沃格雷夫法官，维拉·克莱索恩，安东尼·马斯顿，菲利普·隆巴德，埃米莉·布伦特……
还有管家和他的妻子：罗杰斯先生和夫人，这就是岛上所有的人。
毫无疑问，这桩差事很简单。可我是做什么的呢，曾经的军官？或者侨民，对，这个合适。
CLAP!
（啪！）
斯蒂克尔海文！终点站！
嗯？
干船坞到了！所有人都下车了。
海上世事难料！……永远无法预测！去吧，让大海给逼疯吧！
他喝多了吧，朋友……天气太好了！
STYKLEHAVEN
SOUTHDOWN
当心！祈祷吧！审判的日子快到了。
我在对你说话呢！审判之日！
离你更近吧，愚蠢的水手。
他在胡说八道些什么。

自我介绍一下，我是麦克阿瑟将军。所以我们都是被邀请到那座岛上的吗？但我们之中没人相互认识？
没有。
完全不认识。
好像是这样的。
士兵岛，就是那边那座岛？看起来挺远的。
如果游过去，确实有些远。但我开船送你们过去的话，可能还没来得及晕船就已经到了，当然如果你们想坐船的话！
这船很小啊。
这是一艘好船，一眨眼工夫就能到普利茅斯。
是吗？可我们人不少。
真是完美：无风无浪、天气晴朗、也没有危险。
平静的海可无法造就优秀的水手，可站在你面前的是德文郡最棒的水手，您大可放心。
The Cornish Cove
KRRR
BDW 218
您也要去士兵岛吗？
是的，我是阿姆斯特朗医生……
SKRAAA
BDW 218

（咔咔咔）

啊！总算到了，真是个穷乡僻壤。
The Cornish Cove
SSD 812
这里是出发去士兵岛的吗？
是的，这……
我的行李在后备箱，伙计。
我叫安东尼·马斯顿，所以我们要一起旅行了。真高兴遇到您，小姐贵姓？
维拉·克莱索恩，我是欧尼姆家的秘书。
啊，也许您能跟我说说您的老板？我不太认识他。
真的吗？好奇怪，如我之前所说，我是来替代之前的秘书的……所以我对他们也完全不了解……
这里有谁认识他们吗？

水手会比我们知道得多一点吗？
说实话……我不太清楚……那家人是最近才购买的地产。我们只碰到过一个叫莫里斯先生的人，他负责发派任务和付款。
每次都要求明确，而且都是当场付现金……在这儿，水手们都喜欢现金。
你们上了岛就应该能弄清楚了。上船了。小心滑。
一群怪人，你觉得呢？
SEA DOG
PSHUITT
都是城里来的富人。富人看起来都是一副怪里怪气的模样，都太香太干净了。
1-B-421
SEA DOG
STICKLEHAVEN
DEVON
还真是奇特……一群好像相互都不认识的人……至于岛主，简直就是彻底的谜。诡异……

SEA DOG
STICKLEHAVEN
DEVON
有大风浪时应该很难靠岸吧。
几乎不可能靠岸……有时候，
这里甚至和外面的世界完全
隔绝长达一周多的时间。
生活供给应该很麻烦。
在岛上，后勤是最让人头疼的。
1-B-421
总之，
这里很漂亮！
行李都留在这里，
我们一会儿抬上去。
请跟我走。
这些台阶至少有三层楼高，
这是要累死我吗?!
28…
29…

女士们、先生们，下午好，欢迎大家！
我是管家托马斯·罗杰斯，这位是我的妻子埃塞尔。
我们将为诸位效劳。
下午好！
请随我来……
哦！哦！
太漂亮了！
真是精美绝伦！
请尽情享受吧台吧！
又是个新的……迷人的……
我是说吧台。
确实。可我们都迫不及待地想见见主人，以表谢意……
很遗憾，因为一件小事，
他们恐怕要到明天才能和诸位见面……
?!
大家也不必太担心，我们接到的命令是尽一切可能满足各位的所有需求。
这是主人们真切的好意。
那就先来一杯冰镇的红色马天尼吧！
我要一杯不太冰的苦艾酒。
尊敬的小姐，请允许我解释一下：马天尼就是一种意大利苦艾酒……
哦，我不会讲意大利语。
我就要一杯上好的啤酒，虽然我也不讲“比利时语”……哈哈哈！
我要一杯柠檬汽水加一片柠檬……
喝酒是致命的罪恶……
行啦，在酒里唯一能找到的是冰块！
仔细看好了，喝得越多，其他人就会变得越有趣。
托马斯，给我来一杯双份皮姆酒！
就这样，大家开始互相认识。

稍后，
每个人回到各自的房间。
克莱索恩小姐，
这是您的房间。
如果需要
任何东西，
请尽管摇铃。
我是欧尼姆夫人的新秘书，您应该知道吧？
完全不知道。我只有女士先生们的
名单和各自所对应的房间。
真的吗？没人
跟您提起过我？
因为我和我丈夫也是
前天才到的……我们并不认识
欧尼姆一家。
哇！太美啦！所以没人认识他们？
这里一共有多少用人？
只有我和我丈夫
两个人。
我们有八个人入住，
但只有一对夫妇照顾我们？

罗杰斯先生对他的工作非常在行。
另外，我也是个好厨娘。
晚饭将在一小时后开始。
您还有别的事吗？
没了，
非常感谢。
这个女人让我不寒而栗，
她眼睛里好像充满了
致命的恐惧……
10
十个小士兵，出门去晚餐；
一个噎了喉，十个还剩九。
9
九个小士兵，午夜方就寝；
从此睡过头，九个还剩八。
8
八个小士兵，启程去德文；
一个就地留，八个还剩七。
7
七个小士兵，举刀砍木棍；
一个成两半，七个还剩六。
6
六个小士兵，调皮捅蜂窝；
一个遭毒蜇，六个还剩五。
5
五个小士兵，热衷学法律；
一个成法官，五个还剩四。
4
四个小士兵，出海去游泳；
一个葬鱼腹，四个还剩三。
3
三个小士兵，游玩动物园；
一个丧熊爪，三个还剩俩。
2
两个小士兵，懒懒晒太阳；
一个被烤焦，两个只剩一。
1
一个小士兵，形单影零落；
悬梁了此生，一个也不剩。
（啪！）
CLAK!
?!
确实有些奇怪……
十个彼此完全不认识的人
在同一个岛上。

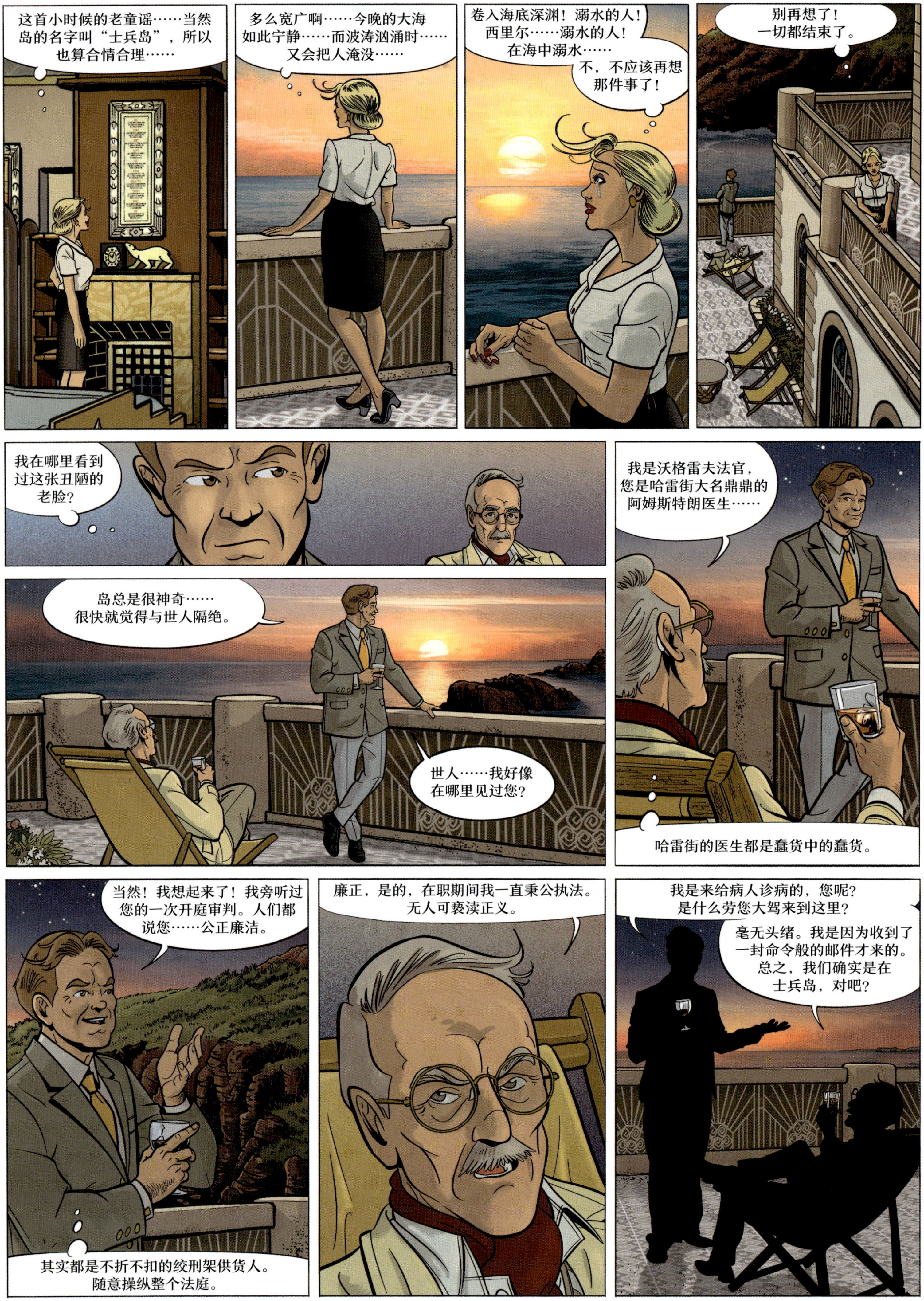

这首小时候的老童谣……当然岛的名字叫“士兵岛”，所以也算合情合理……
多么宽广啊……今晚的大海如此宁静……而波涛汹涌时……又会把人淹没……
卷入海底深渊！溺水的人！西里尔……溺水的人！在海中溺水……
不，不应该再想那件事了！
别再想了！一切都结束了。
我在哪里看到过这张丑陋的老脸？
我是沃格雷夫法官，您是哈雷街大名鼎鼎的阿姆斯特朗医生……
岛总是很神奇……很快就觉得与世人隔绝。
世人……我好像在哪里见过您？
哈雷街的医生都是蠢货中的蠢货。
当然！我想起来了！我旁听过您的一次开庭审判。人们都说您……公正廉洁。
其实都是不折不扣的绞刑架供货人。随意操纵整个法庭。
廉正，是的，在职期间我一直秉公执法。无人可亵渎正义。
我是来给病人诊病的，您呢？是什么劳您大驾来到这里？
毫无头绪。我是因为收到了一封命令般的邮件才来的。总之，我们确实是在士兵岛，对吧？

（咚！）
DONG!
啊，晚饭铃。
维拉……漂亮的女孩，
那就下楼好好露一手吧。
安东尼·马斯顿准备在
女孩面前大展身手了。
（咚！）
DONG!
时候到了，
该我上场了。
这首童谣还挺新奇。
（咚！）
DONG!
真是令人失望。如果船还没离开，
我肯定不会再多待一分钟。
总之，但愿后勤服务
能让人满意。
（咚！）
DONG!
一周时间，那就好好开心开心。
（咚！）
DONG!
“耶和华已显灵。不敬虔者都将自掘坟墓，
进入地狱永不得超生。”这就是正义！
好吧……该吃饭了！
铜锣现在对她还很仁慈，
还没有敲响最后的审判。
不一会儿，
随着一瓶瓶的美酒下肚，
所有人看起来愈加兴致勃勃。

精美的晚餐！完美的酒！
您也有同感吧。
是的，很完美！
比我在南非喝的那些要好太多，
相信我，
那些可怜的人什么都不懂！
赞美厨娘的手艺。
也许稍微
有点腻！
波尔图酒……咖啡……
餐后酒……都在大客厅里！
很有新意！这些小士兵模型
刚好就在士兵岛上！
有几个？
十个！就像我房间里的
童谣一样。
和我房间里的
也一样。
我的也一样。
我也是一样。
也就是说所有房间都有了？
十个，和我们今晚一样。
有趣的想法，
不是吗？
的确，可我并不喜欢被看作小兵。
女士们、先生们！安静！

你们被宣布犯下了以下罪行：
爱德华·乔治·阿姆斯特朗，
于1925年3月14日，
造成了路易莎·玛丽·克利斯的死亡。
埃米莉·卡罗琳·布伦特，
于1931年11月5日，
应对贝亚特丽斯·泰勒的死亡负责。
威廉·亨利·布洛尔，
于1928年10月10日，
导致了詹姆斯·斯蒂芬·兰多尔的死亡。
维拉·伊丽莎白·克莱索恩，
于1935年8月11日，杀害了年轻的
西里尔·奥格尔维·汉密尔顿。
菲利普·隆巴德，
于1932年2月，
蓄意谋害了东非某部落的
二十一名原住民。
约翰·戈登·麦克阿瑟，
于1917年1月14日，
故意谋杀了您妻子的情人阿瑟·里士满。
安东尼·詹姆斯·马斯顿，
于本年11月14日，杀害了两个小孩
约翰·康布斯和露西·康布斯。
托马斯·罗杰斯和埃塞尔·罗杰斯，
于1929年5月6日，
造成了珍妮弗·布雷迪的死亡。
劳伦斯·约翰·沃格雷夫，
于1930年6月10日，
谋杀了爱德华·西顿。
罪人们，你们需要自我辩护吗？

（噼里啪啦！）（乓！）
BLING!!!
CRAC!
BADABONG!
（砰！）
啊！
BOUM!
这是什么恶作剧?!
不要紧，她只是晕倒了。罗杰斯，快去拿点白兰地。
是的，先生。
罗杰斯夫人！
快帮我把她抬到沙发上。
刚才是谁在讲话？他在哪儿？好像……太可怕了……
刚刚是个恶作剧吗？无聊透顶！
这个声音听起来好像就在这栋房子里。
是啊，可究竟是谁呢？肯定不是我们之中的一个！

也许是？
啊！就是这个！
SKR
女士们、先生们！
你们被宣布犯下了以下罪名……
快关掉！快关掉！真可怕！
一个残酷的恶作剧，仅此而已。
但确实令人生疑。
您认为这是个
玩笑吗？
那您认为还可能是
什么呢？！

究竟是谁让这东西播放的呢？
是啊，谁呢？
我之前什么都不知道……我只是按指令办事而已。
是我。但我向你们发誓，我并不知道唱片里的内容……如果事先知道，我一定不会这么做的。
是您？快说清楚，是谁的指令？
是欧尼姆先生的指令。他让我在唱机上放一张唱片，要在我妻子端着咖啡走进沙龙时开始播放它……
多妙的故事！
这都是事实，我对天发誓！我以为唱片里只是音乐。
我觉得她应该是醒了！
不好意思，我去跟她聊两句。
埃塞尔……埃塞尔……一切都好了，一切都好了，你能听见我说话吗？快清醒过来。

一切正常，罗杰斯夫人，
您刚才只是晕倒了。
是刚才那个声音……
那个可怕的声音……
就像是审判……
我打开了唱机，
然后就离开了。接着，
在大厅里，那个声音……
白兰地在哪儿？
哦！抱歉……
只剩一点了……
喝点这个，
罗杰斯夫人。
咳咳！好烈！
太吓人了……
我竟然打翻了托盘！三十五年来头一次！
刚才播放的
全是谎言！
整个故事都太荒谬了！荒谬至极！
那些无端的指控！我们必须做点
什么。究竟谁是……欧尼姆……
这就是问题所在。
我的天，他究竟是谁？
这是我们应该着手搞清楚的事。罗杰斯，
我建议您先安顿您的夫人回房休息，
然后再来这里和我们会合。

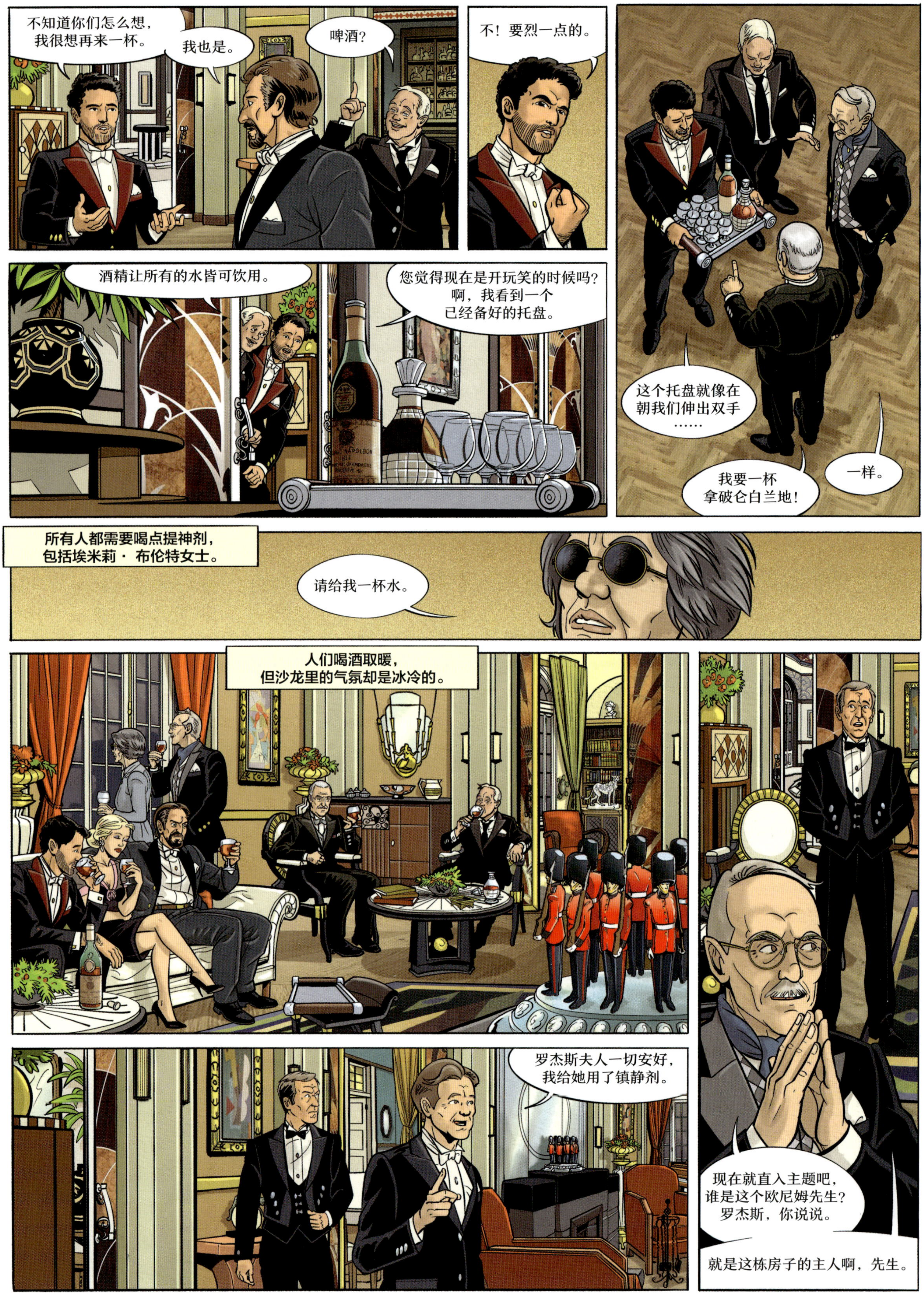
不知道你们怎么想，
我很想再来一杯。
我也是。
啤酒？
不！要烈一点的。
这个托盘就像在
朝我们伸出双手
……
我要一杯
拿破仑白兰地！
一样。
酒精让所有的水皆可饮用。
您觉得现在是开玩笑的时候吗？
啊，我看到一个
已经备好的托盘。
所有人都需要喝点提神剂，
包括埃米莉·布伦特女士。
请给我一杯水。
人们喝酒取暖，
但沙龙里的气氛却是冰冷的。
现在就直入主题吧，
谁是这个欧尼姆先生？
罗杰斯，你说说。
就是这栋房子的主人啊，先生。
罗杰斯夫人一切安好，
我给她用了镇静剂。

我知道……
蠢货。
我想问的是，您对他了解多少？
我不知道能对你们说什么。我从未见过他。
?!
怎么可能?! 您在跟我们胡诌什么？
我们来这里工作还不到一周。先生，我和我的妻子是通过邮件被雇用的，就是普利茅斯的瑞基娜中介。
那是个很靠得住的中介公司，我知道它。
那封信，您保留了吗？
可惜没有，先生。我们只是被要求在某日到达。所有程序都有条不紊，包括定金，真的无可挑剔。来了以后只需要稍微打扫一下。
然后，昨天我又收到了一封来自欧尼姆先生的信，信中说他和夫人有事暂时回不来，吩咐我们尽一切可能招待好诸位，接下来就是有关晚餐和咖啡的具体要求。就是在这封信里，欧尼姆先生吩咐我在唱机上播放那张唱片。
别告诉我您连这封信也没保留吧！
我去给您找来，先生。
给，先生。
嗯！信纸的抬头是丽兹饭店……用打字机打的。
我能看看吗？
THE RITZ LONDON
RITZ HÔTEL, LONDON, W.1.
Mr. Rogers,

是新的打字机打的……没有任何拼写错误。从这封信上什么都查不出来，除了指纹……
但现在我们的指纹也在上面了……
这个名字听起来很虚假，你们不觉得吗？阿尔杰农·诺曼·欧尼姆……一口气都念不完。
您刚刚让我注意到了一个奇怪的细节。
是时候让所有人彼此交换一下信息了：都是受谁邀请？因何受邀？
我是收到了一封信，签名潦草，看不太清，欧尼瑞或者奥利弗……但现在看来应该是欧尼姆。
来自一个可能是两三年前碰到过的女人。我都记不太清楚了，但邀请内容实在是……很诱人。总之，我从来没遇到过叫欧尼姆的人……
您呢，马斯顿？
我收到了一封朋友的电报，叫我来这儿，可我没能联系上他。但因为是非常好的朋友，所以我还是来了。
阿姆斯特朗医生呢？
我是因为工作来的。一个可能冒充我的某个同行的人写信让我来赴诊。
那让我猜猜，那个同行也临时无法联系上，对吗？
确实如此！

您呢，
克莱索恩小姐？
一份在岛上为期几天的
临时秘书的工作，信上的签名
是阿尔维纳·欧尼姆，
但我从未见过这人。
麦克阿瑟将军？
我也是，收到了这个叫欧尼姆的一封信……
信上说我的一些老战友也会在……
可惜，我没留着那封信。
隆巴德先生？
我到底要不要
全盘托出？
我也一样，也是一份邀请，对方称是
一个朋友的朋友……看来我也上当受骗了。
所以这是个陷阱。似乎是一个并非真实存在的
声音说出了大家的名字，而这个人对我们提出了
非常详细的指控。在所有提及的名字里
有一个布洛尔……
但据我们所知，
这里并没有一个叫布洛尔的，
而戴维斯这个名字却没有被提到。
您对此如何解释，戴维斯先生？
事已至此，那我就承认了吧，
我不叫戴维斯，我是威廉·布洛尔。
您在这里使用了假名，布洛尔先生。
还有一件事您也在撒谎。
您说您是南非来的侨民，
但我非常清楚，我敢打赌，您从未去过那儿！
混蛋！快说，
你还有什么要交代的?!

混蛋？冷静一下，伙计！先生们，你们搞错了。我曾经是名警员。
这是我的证件。我现在在普利茅斯有自己的私人侦探所。我受聘来这里是为了一份差事。
PRIVATE INVESTIGATOR
谁雇的您？
您猜猜？当然是那个叫欧尼姆的。他给我汇了一笔高额费用，让我装作客人和你们待在一起。我负责监视你们。
监视我们？为什么？
保护欧尼姆夫人的珠宝。
欧尼姆夫人，都是鬼话，我现在已经不相信这个人是真实存在的了。
您的结论应该是对的，马斯顿。阿尔杰农·诺曼·欧尼姆！在给布伦特女士的信里虽然看不清姓，但名还是相对清晰的：
阿尔维纳·南希……在这两种情况下，都是同样的首字母，阿尔杰农·诺曼·欧尼姆……阿尔维纳·南希·欧尼姆……
换句话说，两个名字都可以简写成A. N. 欧尼姆（A. N. O’NYME）。
也就是“无名氏”（Anonyme）！
?!

真是难以置信！太疯狂了！
是啊！毋庸置疑，我们被一个疯子邀请到了这里，一个精神病！一个变态！也许还是个杀人犯！一个恶棍！
现在让我们进行下一步调查。但在此之前……
这封邀请信冒充了我的一个老朋友——卡尔明顿夫人。我们已经多年未见，因为她去了东方。
还是老伎俩，把我们引诱到此的欺骗手段都非常娴熟。
无论如何，此人似乎对我们每个人都了如指掌，所以才能说出精准的控告！
谎话连篇！全是诽谤！
这不公平！太卑鄙了！
一派胡言！我和妻子从未……
指控我是罪犯?！真是奇耻大辱。
我在想这个疯子究竟想干吗?
我向各位郑重声明：我们的无名氏朋友指控我谋杀了某个爱德华·西顿。
他于 1930 年 6 月在我的法庭出庭，当时他被控杀害了一位老妇人。他看起来似乎是无辜的，但我还是提出了足够的论据，最终，陪审团也宣判他有罪！
宣布罪行时，我只是确认了陪审团给出的审判书，而此人就按正常法律程序接受了最后的审判。
因此，我问心无愧。

是吗……我记得那个案子。原本会因为证据不足而判无罪释放。可沃格雷夫轻而易举地让陪审团改变了主意，导致西顿最终被判有罪。一切都符合法律程序，但还是有人怀疑法官和被告有私人恩怨。
法官大人，在开庭前您是否认识那个西顿呢？我是说……
开庭之前我从未听任何人提起过这个西顿。
他在撒谎，我敢肯定他在撒谎。
我想告诉大家……有关那个孩子……西里尔·汉密尔顿，我是他的家庭教师，他被禁止在海里游得太远。可有一天，他违背了禁令！
我尽我所能地游过去救他……可没能及时抓住他……
那可不是我的错！而且法医也已经证明了我的清白！
还有他的母亲，她对我特别好。连她也没有怪罪我！
为什么必须讲述这些可怕的事情？这不公平……太不公平了……
好了好了，孩子。这一切当然都不是真的。那家伙就是个疯子，是的。一个满口胡言的神经错乱者。可怜虫！
其实根本不需要理会这些指控。但我还是要澄清一下，那个……呃……有关阿瑟·里士满那小子的指控都是子虚乌有。
他是我手下的一名军官，这确实是真的。
我派他去侦察，在侦查过程中他被杀了……运气不好。可在战争时期，没什么比这更寻常的了，我们可是在打仗！竟有人敢如此践踏我的声誉……我非常愤怒！还有对我夫人的诋毁！
我最忠诚的妻子！她是不可亵渎的！她就是人中模范、天之圣女……
卡萝尔……哦，卡萝尔……

我想说说那些原住民……
我当时放弃了他们！
这是真的。
但那是生死抉择，
那可决定了我和两位
同事的生死。
我和两个助手离开时
拿走了剩下的食物。
那只是合情合理的——
自救。
当然，这算不上我多光荣的事迹，这一点我同意。
但作为一个领导者，最重要的是知道如何做出选择！
另外，你们知道的，那些原住民不怕死。
他们对死亡的看法和我们欧洲人不同。
你们让他们活活饿死了？
我们没给他们留食物和水……
可他们不一定会死啊！
至于我嘛，广播里提到的约翰·康布斯和露西·康布斯，
应该是我在剑桥附近撞倒的两个小孩儿。真是倒霉！
这是对他们而言，还是对您而言？
当然是对我
来说了……
但是……
您是对的，他们运气也不好。
车祸嘛。他们当时也不知道从哪里
突然钻出来的。
我还因此被吊销了驾照！
真是可笑！那两个小孩儿又不会
因此而起死回生！
超速驾驶就是祸患！像您这样的人
简直就是公共危害！
超不超速是社会习俗问题，
老年人，要与时俱进。
真正奇怪的是英国的公路。
总而言之，那不是我的错，
一场事故罢了！

先生们，我能说两句吗？
说吧，罗杰斯。
那个声音提到我们夫妻俩和布雷迪夫人。
里面没有一句真话，我和我妻子陪伴在布雷迪夫人身边，直到她过世。从我们为她工作开始，她的身体就已经很糟了。
后来有一天，她突然身体不舒服……那晚又正好是雷雨天……所以电话也发生了故障。我只得走路去找医生。等医生到的时候，一切都晚了，大家都无能为力。
我们对她是十分忠诚的，这才是实情。
所有人都是这么说的。没有任何人指责我们。没有人。
嗯？真的吗？
我敢肯定，你们在她死后得到了一些好处，是不是？
这有什么问题吗？为了感谢我们对她无微不至、忠诚无二的服务，布雷迪夫人留给了我们一份遗产！
话说回来，您本人呢？布洛尔先生，那个声音不是也指控了您吗？
那个关于兰多尔的无端控诉？嗨！那就是个银行窃贼！
这个案子没有到我手里，但我记起来了，您当时是负责调查这个案子的警员，兰多尔仅因您一个人的证词就被定了罪。
H-LANDOR
D-234
20-5-28
的确，判了三年。好吧，判罪几周后他就死在了达特穆尔监狱……那是他自己身体太弱，我又能对此做什么呢？他就是个无业游民！

我好像记得由于您在该案件中的——出色表现，您还受到了奖励。
您是说晋升？真是笔好买卖！我只是尽了自己的职责！
哈哈哈！真是热爱工作的人啊！看来你们都是对法律狂热的人！
您呢，医生？您的小差错是……？一次堕胎？弄错药？写错药方？运气不好？
小差错？这简直就是天方夜谭！广播里提到的那个人我完全不知道是谁。叫什么来着？克利斯？克洛塞？我根本想不起来有哪个病人叫这个名字，我也绝对没有——无论直接还是间接，造成任何人的死亡。
也许是我在医院做过手术的病人？那些人总是病重了才来，然后死的时候就把一切怪罪于外科医生！
啊，是喝醉的那次，事实是：我当时喝醉了！但我还是做了手术！我当时手抖得厉害。所以我确实导致了她的死亡。可怜的女人……如果没喝酒的话，手术会极其简单。
那个护士封了口。幸好我们共同守住了秘密。天啊……究竟是谁知道了这桩丑闻？
你们都在等我开口？我无可奉告。
什么都不说吗，布伦特夫人？
没什么可说的。主可以为我做证：我的所作所为都是凭着良心，并且和主的意愿一致的。

您不准备
自我辩护一番？
在上帝面前
我不需要自我辩护！
好，那就此作罢。
罗杰斯，除了我们、您和您的夫人，
还有别的人在这座岛上？
没了，先生，
没有任何人了。
真的吗？
我不允许您
对此质疑！
您确定？
非常确定！这座岛
非常小，除了我们
没别人了，这一点
毋庸置疑。
我还是不太明白，为什么“无名氏”要
把我们聚在这里，但根据直觉判断，这
个人应该非常危险。我们应该尽早离开
这里。我建议今晚就走。
不可能。
什么？为什么？
因为岛上没有船。
那您如何和海岸
那边联系呢？
弗雷德·纳拉科特每天早上
来一趟，先生。他会带来面
包、牛奶、信件，然后再拿
新的订单。
伤脑筋！
明早纳拉科特的船一来，
我们就走。
对！我们得走！
极好的
提议！

这不太有大将风度吧？
为什么不在扬帆起航前解开谜题？
简直就是一部侦探小说……
真是场冒险，太刺激了！
我已经到了完全不想经历您说的
那种“刺激”的年龄。
啊，严苛的……检察官的苦行生活，
这可使人僵化衰老啊！
就像我为所有女人投赞同票一样，
我也为犯罪投赞同票，
但得是成功的犯罪！
敬成功的犯罪！
咳咳！
这是什么……
啊！！！

天哪！
他死了！
死了？您确定吗？
完全确定。
可他怎么会死？
自己掐死自己吗？
真不敢相信人可以
这样被噎死！
大好年华，
就这样死了！
不，他不是被噎死的。
酒里有毒！！！

白兰地里……有东西……？
是的，但不知道是什么……
可能是一种氢氰酸……没有氢氰酸
的气味，所以一定是氰化钾。
这效果立竿见影！
没什么特殊气味……
也就是说……只有他的杯子里有毒。
怎么回事？没人碰那些酒啊。
我们都亲眼看见，
是安东尼·马斯顿自己倒的酒，
没人靠近他的酒杯。
难道是自杀？
嗯……有意思的推论！
像他那样的男人自杀
是很难想象的……
我同意您的想法……
一切都很奇怪。
这肯定不是马斯顿的风格。

大家猜测了很久，然后……
已经过了凌晨一点，我会为他的灵魂祈祷。我们最好把这个可怜男孩的尸体放回他的房间，然后大家都回房休息吧。
提议很合理，但在这种情况下要睡着可不易……
我来收拾桌子……
您明早再做吧，罗杰斯……回房和您夫人一起休息吧……您看起来……很疲惫。
我确实很累，先生。我稍加收拾，然后检查所有该关的设备是否关好就行。
这座房子并不是那种老城堡，没有重重暗影，没有矗立着的神秘塔楼，也没有阴暗的密室，它是如此明亮、摩登，既没有暗门也没有藏匿的秘密……
可是……
?!
这是怎么回事……?!
我记得很清楚……
太惊人了!

（扑通）
西顿的审判，好久以前的事啦……真是一流的辩护词。
那个律师的确野心勃勃。
可惜依然不够。
PLOUF！
我很好地清算了西顿的账！
这个里士满当时 28 岁……我亲爱的卡萝尔，29 岁。我原本并不确定。可信封上的那个小错暴露了他们俩的事。
亲爱的，我们不用害怕，
我丈夫完全没有起疑心。
我的里士满，我的天使，
我好想你，你的心、你的身体……
你的爱抚……
快回到我身边！
你的卡萝尔等着你。
那个恶棍！居然偷别人的女人！
背叛！是的。他故意派里士满去送死。是的！是的！是的！
在不必要的情况下派军官上战场也是常事。卡萝尔从来都不知道我已经知道了他俩的事……我除掉了这个可怜虫，我的情敌！可卡萝尔再也没有缓过来，当时她就突然一病不起，几周后就死了。
那么今晚……难道是之前的某个军官后来开始怀疑此事？

雨果……
雨果……
您想去沙滩吗，
克莱索恩小姐？
是的，雨果，
很乐意。
我爱您，我爱您，
您知道我有
多爱您吧，维拉？
可惜我无法娶您，因为我没有钱。
有那么几个月，我都以为自己
很快会变得富有，可是西里尔
出生了，而他才是继承人，
我只是个穷光蛋。
但这就是生活！至少
西里尔是个善良的
小家伙，我很爱他。
西里尔并不强壮，甚至很虚弱，
肯定活不长……在这种情况下……
如果西里尔死了，那么我就可以
嫁给继承大笔财富的雨果了！
对，只要没了西里尔，一切都将变得可能。
当然，死是很可怕的，但如果是别人的死……
就没那么可怕了。
那间手术室……

一个酷暑天！
钳……钳子！
手术……刀！
嚯嚯，不太好拿呀，这手术……刀！
因为这玩意儿……很锋利！嘿嘿……
扎人！那么，餐桌准备好了？
手术台上是谁？
麻醉剂在哪儿？
菜也端上来了！那我们从哪里
开始切呢？一小片……
究竟在哪里下刀呢？嚯嚯嚯……
先生，您还好吗？
您得戴上口罩。
您把麻醉剂搞哪儿去了，
护士小姐？什么？白兰地？
十五年的？很好，这就能行。
好啦，躺下吧！嘿嘿嘿……
嘿！这是手术台？
冷静，冷静下来。护士，
固定住手术台，固定好。
医生！医生！
医生！医生！
嗯？什么？
什么事？
是我妻子，医生！我叫不醒她！
天啊！我没办法把她叫醒！

罗杰斯夫人在干吗呢？什么都不做吗？早饭还没准备好？
女士们、先生们！有个糟糕的消息：罗杰斯夫人昨晚睡觉时死了！
什么？
怎么会这样？
太可怕了！
上帝保佑！
我们刚到这里就已经死了两个人！这是在开玩笑吗？
我向您保证不是玩笑，是真真正正的死亡。
啊！肯定是因为自责！昨天的指控一定是有根据的，所以她崩溃了，然后就晕倒了！在自己的罪恶面前，她没能承受住打击。因此她是死于恐惧。
这是上帝的意志！
布伦特夫人，这次您是不是有些夸大其词了。
您难道认为一个罪人是不可能被圣怒之剑刺中的吗？
尊敬的夫人，请相信我的经验，天意是想让我们这些凡人去惩罚罪人！
所以有绞刑架……或者行刑绳。
我去准备早餐。
这个侍者可能是谋杀犯，不过确实对本职工作很敬业。
谋杀犯？
当然这可能是无稽之谈，但假设罗杰斯夫妇确实杀了老太婆，而没被抓住……现在那个无名氏泄露了这个秘密。既然事情已经暴露，那么接下来会发生什么？

那个女人就会惊慌失措！然后就会站出来坦白一切，接着就等着被判刑！所以他就在她的茶里随便放点东西，这样就能让她永远闭嘴。
这只是一种可能，但我很难相信一个男人可以对自己的妻子做出这种事。
看得出来您没有结过婚！对妻子做这种事可比对其他女人更容易！
天啊！女士们先生们！那……那个……
那儿……
那儿什么？发生了什么，伙计？把话说清楚！说话啊！
是那些壁炉上的小人儿，先生。那些陶瓷小士兵。之前有十个，我发誓。
是的，有十个。昨天晚餐时我们都数过。
现在只剩八个了，先生！只有八个了。这没什么道理吧？只剩八个！
?!
之后……
风真大！
还是看不到任何船只。这个小士兵的游戏我可一点也不喜欢，真想赶紧离开。所有这一切都太奇怪了。那些死了的人……可怜的人……
在我小时候房间的墙上有一句箴言：“你的罪恶迟早会受到惩罚。”这是千真万确的。“你的罪恶迟早会受到惩罚。”
瞧瞧，那个有关我的指控也太奇特了。昨晚我并不想就那件不得体的事为自己辩护。
贝亚特丽斯·泰勒生前为我工作。我被她的外表蒙骗了，她并不是个好女孩。虽然举止得体，当然也很有礼貌……但事实是，那些都是彻头彻尾的假象！她是一个迷失方向的女孩，毫无道德。令人厌恶！

没过多久，我就发现她有问题……
是个大丑闻。她失足了！还怀了孕！
我没允许她在我家多待一小时。虽然她当时一直央求我，说她无处可去，可我永远不可能纵容违背道德的事。
跟男人厮混？
还是在婚姻之外？滚！
然后呢？
结果这个放荡的女人自杀了，
投河自尽。
又一桩罪恶！
这个女人真是卑鄙。
您不觉得自己对此……该负什么责任吗？
负责任？拜托！我是无可指责的！
是她有了奸情，又不是我。
可是，也许您当时太过严苛了？
太过严苛？小姑娘，道德准则可不是用来开玩笑的！如果她像良家姑娘一样守身如玉，就什么也不会发生。
埃米莉·布伦特此时站在自我肯定的制高点上。然而在士兵岛，她的道德盔甲最多只能帮她抵挡一下海风，仅此而已。
您觉得布洛尔的推断有道理吗？
罗杰斯真的杀了她妻子吗？
嗯……
十个小士兵，出门去晚餐；
一个噎了喉，十个还剩九。
九个小士兵，午夜方就寝；
从此睡过头，十个还剩八。
这太相似了，不可能是巧合！
结论是？
安东尼·马斯顿和罗杰斯夫人的的确确是被谋杀的。

将军已经老糊涂了，而老沃格雷夫唯一的才能就是顽固不化和无力的说教。我们三个人应该一起搜搜这座岛，赶紧找出这个无名氏。
我的呢帽！风越来越大，真是好极了。我们开始行动吧。没人带枪吗？如果有就太棒了！
我有一把枪。
您总是随身带枪吗？
这是个习惯……您知道，我常常去些不太平的地方。
三个男人开始搜查整座海岛。
跟这里一样不太平的地方？
搜完了，真是快！没有一个活物……荒无人烟。
有人，那儿！是老麦克阿瑟。
只剩这儿了。不可能从这儿爬上来，也不可能藏身，太陡了。
毫无疑问。

可能有洞穴。如果能找到绳子，我可以试试爬下去看看……我记得在洗衣间看到过一根绳子。走。
你们在做什么？
搜查整个岛。未见异常。我们准备找根绳子确认一下悬崖崖壁是否也无异常。您呢？
我去沙滩上走走。
您会在那儿见到麦克阿瑟的。他呆坐在沙滩上，看上去失神了。
您喜欢看海？
啊，是您！这个地方很适合等待。
等待……？等待船？
等待结局！
您应该也很清楚吧，我们都在等结局。
您的意思是？
我们当中没有一个人能离开这座岛！这就是安排。
维拉禁不住打了一个寒战，但并不是因为风的缘故。
您知道吗，我爱卡萝尔，非常爱……
卡萝尔是您妻子？
是的，我妻子……我为她骄傲。她是那么美，那么快乐。卡萝尔……所以我才做了那件事。
您是想说……
否认已毫无意义……反正我们大家都得死！是的！是我让里士满去送的死！而我到头来还是一个人……
一个人……卡萝尔，哦！卡萝尔……

他像猴子一样敏捷，不是吗？您知道我在想什么吗？
不知道，什么？
他可不是一个值得信任的家伙！我可不会把自己的钱交给他，当然并不是因为我没有钱。
怎么样？
什么也没有。没有隐蔽的洞穴。我们现在就只剩房子内部没搜了……
搜查毫无结果。在这座摩登豪宅里，一切都井井有条、清楚明了。在那里，除了不可告人的想法之外，没什么可被藏匿。
抱歉，先生们。我可以把自己的东西搬到楼上一间空房去吗？我妻子……她让我感到害怕。
罗杰斯换了房间，因为他妻子的尸体已经变得冰凉。
活着的女人才更让我害怕……
这个勇敢的仆人真是个怪人。他居然还在继续服务，就像什么也没发生一样。
罗杰斯是一流的管家，应该还他清白。
这里也什么都没有。
他的妻子是个真正的大厨。仅就厨艺而言，她的死是场悲剧。

显而易见的是：除了他们八个人和海鸥，这座岛上没有任何活物，当然还有些螃蟹。
我们也别过分夸张，还是现实一些，请允许我这么说。我们自己从头到尾编织了一场噩梦，只因为两例再平常不过的死亡巧合！
我在工作中经常遇到突然的消失、意料之外的死亡和自杀，我是医生。我知道安东尼·马斯顿不是那种会自杀的人。
而且您忘了那台唱机！还有饭厅里那些被砸碎了的小士兵！
还有您本人：为什么您携带着武器？您去朋友家也随身带着吗？
其实，是那个叫莫里斯的人联系上我，给我一百枚金币请我来这里看管欧尼姆夫人的珠宝。我当时没什么钱，所以就接受了。
为什么昨晚没告诉我们这些？
亲爱的朋友，我怎么知道能不能信任你们？谨慎是掌控偶发事件时最基本的素质。
那现在呢？您有把握了？
现在我在想，那一百枚金币只是为了让我跳入陷阱，你们是对的，我们都入套了！
（咚！）
DONG!
这个午餐的锣声，我开始觉得它很不祥了。
将军还没到。诸位要等他吗？
如果午餐被下了毒，我更希望等等……
您只需要赐福于这顿午餐，以及准备它的人呀……

我去找找将军……
你们先开始吧。
罗杰斯已经尝过了，可他们之中没人敢开始就餐……因为，如果饮料或食物被下了毒……
而且风一刻不停地刮着。
这……暴风雨快来了吧。
麦克阿瑟将军……死了！那么多桩死亡！他被杀了！
!!
?!
啊，这！维拉·克莱索恩小姐，这太过分了！您是他生前最后一个见过的人！
可是……我向您保证，我离开他时他还活得好好的！

看到他的后颈了吗？
那个人打爆了他的头。
我们别待在这里。
你们年轻人身强力壮，
快把他抬回房间。
每个人都回房把自己擦干了。
维拉第一个下楼。
天哪！
七个？
是的，罗杰斯！
只剩七个了！
片刻之后……
她在织毛线。到处在死人，
可她在织毛线……织自己的
裹尸布吗？还是给我们的？
现在我们知道了大概的流程……鉴于这个计划的逻辑性
和执行过程，这个欧尼姆先生一定就在士兵岛上！
欧尼姆就是我们中的
一个！
？？！

如果他本人不在岛上，那么我们之中至少有一个他的同伙，但这都一样：我们每个人都有嫌疑！欧尼姆就在这儿……他的黑影就在这里的某处徘徊……
女士，我再次强调一下，这里的所有人都有嫌疑，这样说您不介意吧？
正如我之前所说，我们之中有个魔鬼。《启示录》第十三章第一节：“海怪从海中突然升起。”
让我们想想办法：怎么和海岸那边取得联系……求救……现在暴风雨来了，船是不可能下海的。在此期间，正好梳理一下情况，这将有助于调查。
到目前为止，凶手都轻而易举地完成了任务，因为受害者在遇害前都没有起疑心。但现在不同了，我们开始互相怀疑。一个警醒的人比两个人都厉害。剩下的就只能凭女性直觉了。大家要对危险保持警惕，谨慎小心。
现在的情况就是这样。
大人，听众都要起身走了……
白天，大家都在客厅里度过……每个人都感到无聊、悲伤、度日如年。所有人都手足无措。
晚上。
死的人够多的了，我们没必要再饿死。我去布置餐桌，罗杰斯在准备晚餐。
我来帮您……
晚餐准备好了，大家迅速吃完，收拾妥当。然后，在客厅里……
法官先生，您说是“我们中的一个”。很有可能！但究竟是谁？在不知道是谁的情况下怎么才能自我保护呢？
不知道是谁？我可不同意。
?
您的意思是您知道是谁？

我还没有证据，
但有一个人嫌疑非常大！
讲出来吧！
现在不行……我需要……
先确认一些细节……
真的吗？那可得抓紧时间，
赶在您死之前弄清楚！
狂风暴雨肆虐。
风在呼啸，鞭打着屋内
上了钩的人的心弦。
夜深了……
我不行了。
我要睡了。
我也是。
大家都去睡吧……我就不跟
你们道晚安了，这会显得很讽刺。
第二天早晨，将近十点钟
布洛尔，快起来！
什么事？
发生了什么？
您看见罗杰斯了吗？他不见了。
他既不在房间也不在别的地方。
该死！
他们问了所有人……没人看到罗杰斯。
布伦特夫人
也不在她房间！
什么？别告诉我
他们俩……藏在什么
地方了，然后监视
我们……
大家早上好！

波涛依旧汹涌，风依旧在呼啸。
您一个人去岛上散步了，布伦特夫人？这可不太明智。您看到罗杰斯了吗？
罗杰斯？没有。怎么了？
我们找不到他了。早餐的餐具都布置好了，可……
我的天啊！那些小士兵！只剩六个了！
罗杰斯，人们稍后发现他……在洗衣间里。
啊！啊！啊！
哈！哈！哈！岛上有蜜蜂吗？
蜂蜜，哪里可以找到？蜂蜜，蜜蜂的蜂蜜！嘻嘻！
小姐，你还好吗？清醒一点！
别一副苦脸！蜜蜂、蜂巢、蜜蜂！
别告诉我您还听不明白！您读了那首童谣吧，“七个小士兵，举刀砍木棍。”木头，就是线索！！
接下来的一句是……“六个小士兵，调皮捅蜂窝。”
蜂窝！这就是为什么我问你们蜜蜂在哪里……你们不觉得这很好笑吗？
呵呵呵！！
啪！

布伦特夫人又去哪儿了？
你们知道我是怎么想的吗？没必要再找了，她就是所有谋杀的始作俑者……我敢肯定这个女人就是我们要找的凶手。
动机呢？
笃信宗教的野心女人……信仰狂热……
这些恪守伦常的老处女，心比石头还硬。欲望在侵蚀她们，就藏在宗教的面具后面！
笃信宗教的野心女人？还是先找到布伦特夫人吧，让她自己解释清楚！
那儿……一只蜜蜂！
童谣里提到的蜜蜂！
天哪！别告诉我……
死了！！！我们真的活在噩梦里！发生了什么？
一个针眼……但不是蜜蜂蜇的：是皮下注射器。乍一看大概是氰化物。快速窒息而死。
那只蜜蜂总不是巧合吧！
哦，不是，那是凶手的童谣癖！

布伦特夫人被放回到
她房间的十字架下，然后……
我们现在还剩五个人，
其中一个就是凶手。必须行动起来
保护另外四个无辜的人。
我提议把阿姆斯特朗医生的药、隆巴德的枪以及这栋房子里所有的药物和武器全部
集中放到安全的地方，或者直接扔进海里。然后，我们所有人都要接受彻底的搜身。
从克莱索恩小姐开始。
对！
我们还是从手枪开始！
它在我的床头柜里。可是……
我们一起去拿！
糟糕！
空了！

在对几个房间进行一番仔细搜查后，
依然一无所获，幸存者们的房间也一样。
除了一些尴尬时刻之外，什么都没有。
好了，都把衣服穿上吧，
该去搜搜克莱索恩小姐的
房间了……
包括克莱索恩
小姐本人……
克莱索恩小姐，
请允许我们……
从地窖到阁楼，包括维拉的每一寸
柔美肌肤都查了个遍，什么也没有！
而那把枪也彻底不见了踪影。
现在我们确定了一件事，
我们五人当中没有任何人有武器和致命药物。
这是一个很好的成果。
是吗……武器肯定藏在某处。
“我们中的一个……我们中的
一个……我们中的一个……”
随着时间的流逝，
这群被吓坏了的人脑海中
久久萦绕着这句话。
（咚咚咚咚咚！）
风继续呼呼地刮，
倾盆大雨让他们快发疯了。
DONG
DONG
DONG
DONG
DONG!
所有人都被困在客厅里，每次只能有一个人离开。
在卫生间里时，每个人都感到很安全。

才下午五点，天就已经黑了，
天空阴云密布。
虽然还没有真相大白，
来点光倒也无妨……
（咔嗒、咔嗒、咔嗒）
CLIC CLIC CLIC
当然了！罗杰斯不在了，
发电机组就没人开了。
有谁知道
怎么开吗？
没人知道。
吧台后面
有一盒蜡烛。
他们点亮了五根蜡烛，
分给每个人。
PRICE'S
LONDON SPERM
一切都变得昏沉不安，
如同每位宾客的心情。
多么“迷人”的气氛。
现在是茶歇时间，
但还是算了吧，
我要上楼回房睡觉，
把门锁死。我就待在里面，
直到暴风雨过后
第一艘船到来。
啊！！！

维拉你还好吗？
我的蜡烛被风吹灭了，我感觉有一只又冷又黏的手擦过我的喉咙……刚刚一定有谁在这里……
啊，这就是您说的那只又冷又黏的手。是挂在天花板上的海藻。
奇怪的布置……肯定是为了把您吓得魂飞魄散……
来，喝点水。
啊，不！我什么都不想要！
可是？……法官在哪里？
我以为他跟在我后面。
沃格雷夫？
沃格雷夫！
这片死寂……
您可真会用词……我们下楼吧……

????
别告诉我，他……
死了……一颗子弹射进头部，穿过了头颅……从一边到另一边。
天哪！那把枪！有人听到枪响吗？
没有。但维拉房间的窗户是打开的，然后又有暴风雨……
“六个小士兵，调皮捅蜂窝；一个遭毒蜇，六个还剩五。五个小士兵，热衷学法律；一个成法官，五个还剩四。”

现在我们该做什么？
我们把他抬回房间。
只剩我们四个人了，下一个该轮到谁了？
你们想做什么无所谓，我可要回房把自己锁起来。我可谁也不想见！
我也是。没必要待在这儿彼此怒目而视。
我不反对。
也只能这么做了，尽管我认为大家也许睡不着。关键是没有安眠药。
之后的场景在正常情况下看起来可能有些可笑……
（啪！啪！啪！啪！）
四个人都站在房间门前，一只手放在门把上，准备把自己关到第二天早上。
CLAK!
CLAK!
CLAK!
CLAK!
Odol
Tooth Paste
!!!

西里尔，听着，我们这样安排，明早你就游到那块岩石。我和你母亲在沙滩上聊天，这样就可以分散她的注意力。她开始找你的时候，你就已经到岩石那儿了，还可以朝她挥挥手。这一定会让她惊喜的！
（咚！）
哦，克莱索恩小姐，您真棒！我们一定会玩得很开心的！
（咚！）
一切都将顺利进行。她会假装去救他，可一切都太晚了……那里的海浪每小时达五六海里。没人能从中逃脱。也没人会怀疑她……
雨果……这都是为了你……
（咚！）
十个人里死了六个……我一直都讨厌减法。那个老法官跟其他人一样死了。
可那把枪……去哪儿了？这真令人担忧……那把枪……
DONG!
DONG!
楼下的大钟敲响了午夜十二点。
兰多尔！奇怪，我完全忘了兰多尔这个人的背景。兰多尔有一个妻子和一个儿子，还有一个女儿，十三四岁。
那把枪……去哪儿了？
DONG!
深夜，暴风雨停了……
DONG DONG DONG DONG!
（咚咚咚咚！）
不！！！！

我的老天，又发生了什么？
声音是从阿姆斯特朗房间传来的！
房门锁着……医生？
阿姆斯特朗医生，
快回答！
别浪费时间，
快把门踢开！
CRAC!!!
（啪！！！）
没人！
空房间！医生会是
下一个受害者吗？
除非他不是我们的人，
也许他有枪……
不，那把枪在我这儿！我找到了它，
有人把它放回了我的房间！
什么？别怕，法官被杀的时候，
我们两个一直在一起，您很清楚我当时
什么都做不了。
好吧，这里可不缺怪事……
维拉，快回房把自己锁起来！
隆巴德和我去找阿姆斯特朗。

稍后……
（咚咚！）
TOC TOC!
维拉，
一切都好吗？
快开门。
隆巴德和您
在一起吗？你们找到
阿姆斯特朗了吗？
是的，我在。
可阿姆斯特朗
消失了！
人间蒸发……
还有个阴森的小细节，
桌上只剩三个小士兵了！！！
三个人在厨房里吃早餐，
就在士兵岛上这座可怕的房子里。
终于天晴了。
在阳光下一切都显得
没那么严重了……
应该很快
就有船来……
但愿。毕竟在这里多待一晚……
就可能有两个杀手在我身边……
对我来说也一样……可我先警告
你们，我是不会束手就擒的。
我有枪。
阿姆斯特朗一定是销毁了他的出生证明。
我也能自卫！小心点！
好了好了，你们忘了那首童谣了吗。
你们想想里面有没有什么线索？
“四个小士兵，出海去游泳；
一个葬鱼腹，四个还剩三。”
也许吧……听着，我们应该试着
朝海岸那边发出求救信号。
天气很好，我会摩斯密码。
只要用一面好镜子，
就能发出信号。
葬鱼腹！
这就是线索。
阿姆斯特朗拿走一个陶瓷小兵，让我们以为
他死了。可事实上他还在岛上。他的消失
正是让我们上当的诱饵……

他们整个上午都在悬崖上，面朝海岸，借用一面镜子逐个发出信号。
感觉完全没人收到信号。因为没有任何回音。
已经下午两点了，我要吃午饭了。
我可不去。我不会再回到那栋房子里了。
我也不想大嚼那些干瘪的咸牛肉。去吧，我和克莱索恩小姐待在这里。
他一点也不怕……
可我坚信阿姆斯特朗就是凶手。
您对良知这个东西怎么看？
呵呵！所以您是故意让那个孩子淹死的，是吧？
完全不是！我没有那么做！
哦，我认为是！您确实那么做了，我的美人！
肯定跟一个男人有关！这种事背后肯定有个男人。
或者跟钱有关……或者两者都有。
不一会儿……
BOUM！
这个声音……
是从房子里传来的！
是的……去看看！
（砰！）

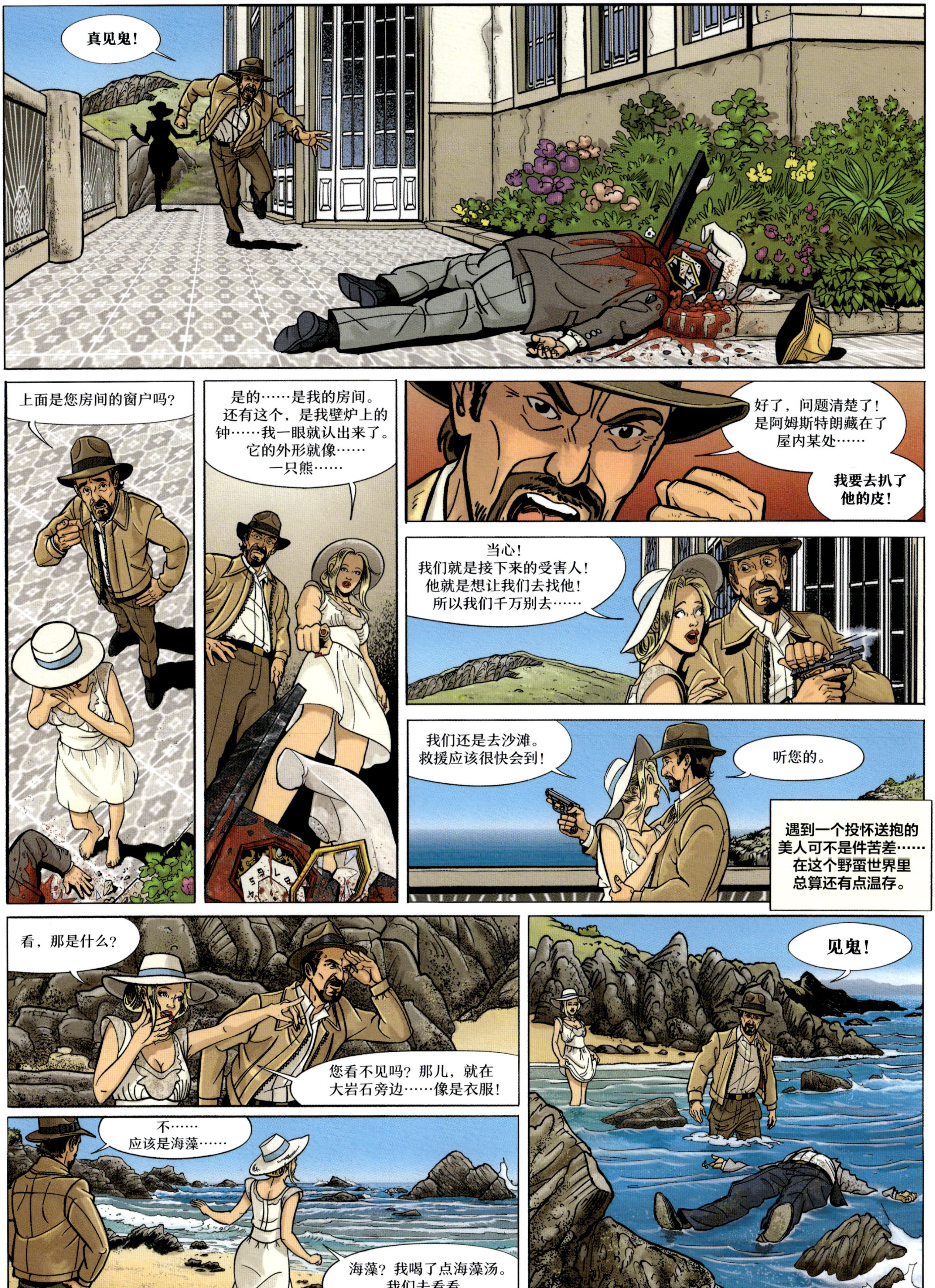
真见鬼！
上面是您房间的窗户吗？
是的……是我的房间。
还有这个，是我壁炉上的钟……我一眼就认出来了。
它的外形就像……
一只熊……
好了，问题清楚了！
是阿姆斯特朗藏在了屋内某处……
我要去扒了他的皮！
当心！
我们就是接下来的受害人！
他就是想让我们去找他！
所以我们千万别去……
我们还是去沙滩。
救援应该很快会到！
听您的。
遇到一个投怀送抱的美人可不是件苦差……
在这个野蛮世界里总算还有点温存。
看，那是什么？
您看不见吗？那儿，就在大岩石旁边……像是衣服！
不……
应该是海藻……
海藻？我喝了点海藻汤。
我们去看看。
见鬼！

阿姆斯特朗！
过了很长时间……所有这些死掉的人……时间都静止了，凝固了……两个惊慌失措的人看着这具变了形的尸体……
这下好了！
岛上没别人了……只剩我们两个了……
我们该清楚到底是怎么回事了，对吧？
是您！
我不知道您是怎么做到的，但演技确实一流！
原来是他！一个疯子！长着野狼一样的面孔，我早该猜到的……
我相信您，菲利普。但绝不是我干的，您很清楚我不可能做到这一切……
我可不会让您得逞，我的美人……
我真的什么也没做，我向您发誓。如果也不是您，那一定有另一种可能……至少让我们先把他抬到岸边。
谁知道为什么……您的漂亮眼睛？说实话，我也不太相信是您干的！
好，我们把他拖上岸。

好了……
至少算是个善举。
是的。
又是一个……
???
我的枪？
别这样，别做蠢事，
我刚才本可以杀了您。
维拉，手下留情！
PAW!
PAWPAWPAWPAW!

（乒！乒！乒！）

好了，结束了。只剩她一个了。终于。彻底安全了。九具尸体？又有什么关系呢？她胜利了。
哦！安宁，多么幸福的安宁……
美而宁静……他人的死亡对某些人来说是罪责，对另外某些人来说是安宁……表面上的。
而她，她还活着……
还剩三个？要我说，您的动作慢了！
你，我要把你带走。我们赢了，小不点儿！我们赢了！
等待救援……在此之前，安心地睡一会儿。
可是……

雨果……这就是
雨果想要的！
这就是雨果
想要的……
而且这也是童谣的
最后一句。“一个小士兵，
形单影零落；悬梁了此生，
一个也不剩。”
一个也不剩……
雨果就在那儿，在房间的一个角落，
她能感觉到，为了提醒她曾经的所作
所为，为了督促她进行将要做的事。
一个也不剩……
零！

尾声
托马斯·莱格长官，
伦敦警察总局副局长兼总监，
他可不喜欢什么超自然事件。
十具尸体在一座难以到达的、被遗弃的岛上！
天啊，梅因警官，肯定是谁把这些人杀了吧！
SEA DOG
STICKLEHAVEN
DEVON
这可对您的调查没什么帮助。斯蒂克尔海文的居民怎么说？
他们说某个叫欧尼姆的人买了这座岛，但不知道这个人究竟是谁，也找不到任何相关线索，然后所有交涉都由某个叫伊萨克·莫里斯的人代他出面。
但是这个莫里斯已经死了。好像是自杀，服毒。
啊？太多人失去了生活的意义。
莫里斯跟人解释说他们要进行一次实验，所以完全不用理会从岛上发出的任何求救信号。
那台唱机里那张录满指控的唱片呢？
我调查了很久。部分假设是可信的，而其他的都令人怀疑，或者说无从考证。
难道是一个精神不正常的正义狂，在不确定这些人是否确实有罪的情况下，将他们全部处决了？
这些人生前都经历了一场噩梦：维拉·克莱索恩和布伦特夫人都写日记。隆巴德和布洛尔也记录了一些片段。所有这些文字的描述都完全一致：在最后一天早上，只剩三个人，隆巴德、维拉小姐和布洛尔。

我们在二楼沃格雷夫的房间里找到了杀害隆巴德的枪。那把枪离他的尸体很远，上面有维拉·克莱索恩的指纹。
那不就清楚了！维拉就是凶手！是她杀了隆巴德，然后把枪带回房内，接着用大理石砸了布洛尔的头，最后……自己上吊自杀。
就只差一个细节。要上吊自杀需要站在一把椅子上，确实房间里有一把椅子，但那把椅子并没有被踢翻……而是被放到了墙边！而这一定是有人在维拉·克莱索恩死后去做的！
但是，斯蒂克尔海文的水手们都肯定地说：在救援到达之前没人上岛也没人离岛！这样的话……
到底是怎么回事？
SEA DOG
STICKLEHAVEN
DEVON
究竟是谁杀了他们?！

1940年6月3日，
敦刻尔克
快，
伙计们！

瓶中信，
长官！
给我，
下士！
奇怪！这是给警局的，
等我们回去以后
交过去
伦敦警察总局亲启：
我是劳伦斯·约翰·沃格雷夫法官。
我的故事应该被公诸于世吗？我有些犹豫。
我把它放入一个瓶子，扔到海里，任其漂流吧。

1940年7月11日，
伦敦警察总局
（总监兼副局长托马斯·莱格长官）
SUPERINTENDANT
Sir Thomas Legge
Directeur adjoint
S.Y.
（咚咚）
TOC TOC
请进！
这就是那些文件，长官，
沃格雷夫法官亲笔签名的文件……
您得保持冷静！简直闻所未闻！
谢谢，梅因警官。
请坐，我们来看看吧。
“我是沃格雷夫法官。罪与罚一直让我非常着迷，
如果我有‘绞刑架供货人’的名声，那是极不公正的。
因为我毕生都倾尽全力展现出公平和审慎！”
“六个月前，我的医生向我宣布我患了不治之症，
并且剩下的日子不多。命运如此的不公正让我
感到非常愤慨，可以说是怒火冲天！”
不！在我死前一定
要让正义以一种辉煌的
方式得到伸张！

我要释放我压抑的天性：上天用缩短我的生命来惩罚我无辜的一生，
那我就要夺走未受惩罚的罪人的生命！
我要做的可不是一场谋杀，而是连环谋杀！
于是，我开始着手招募我的罪人们……
“连环谋杀！”“招募罪人？”这家伙是个十足的疯子！……
您接着读，后面的内容让人咋舌！
一位护士告诉我有一个医生，一个叫阿姆斯特朗的医生，在酒醉的情况下害死了手术台上的病人。
手……手……手术刀……嘿嘿嘿……
在我的俱乐部里，两个军人之间的对话让我得知了麦克阿瑟将军的事。
一个从亚马孙回来的人向我描述了一个叫菲利普·隆巴德的累累恶行。
一个受了惊吓的目击者跟我讲述了清教徒埃米莉·布伦特和她不幸的女佣的故事。
至于安东尼·马斯顿，他的极端自私和面对两例死亡时毫无负罪感的表现，在我看来恰好证明他是一个需要被惩罚的人。
还有前警官布洛尔，他的罪名是提供假证，在我看来这对一位执法警察而言尤为严重。
我，我在《圣经》面前发誓，长官！

某晚，我遇到了一个叫
雨果·汉密尔顿的男人，
他当时有些微醉，
向我倾诉了他的故事。
我认识一个女杀人犯……是的，长官！我曾经爱她爱到发狂……怎么想象一个像她一样的女孩……正直、活泼……怎么能想到她竟能故意让一个小孩在海里溺水身亡？
就为了让我继承家产然后娶她！维拉！这是她的名字！一个如此美丽的名字！
没人对她产生任何怀疑，可我在看到她的那一刻就知道了真相。她也明白我知道了……狡猾的女人……
酒保，再给我倒满！
但她不知道的是，我爱那个孩子……我什么都没说，我的心已碎，我离开了她！她竟能让一个无辜的孩子在海里淹死！
另外，有关罗杰斯夫妇的事，
我是从受害者的一个堂妹那里听说的……
“然后，我偶然发现了那首老童谣，十个小士兵……由此我便有了上好的剧本！”
好家伙！原来如此！真是惊人！
可这还不算什么……您接着读……
格劳尔小姐，请端两杯茶进来可以吗？
香柠茶或者荷花茶。

“我让莫里斯出面买下了士兵岛，一切都非常顺利。然后，我精心设计了适合每个猎物的诱饵。一切都按计划进行：8 月 18 日，我的客人们都抵达了士兵岛，包括我本人。罗杰斯夫妇在此之前提前到达。”
前夜，莫里斯的命运就已了结。那个肮脏的家伙，一个卑鄙的、道德败坏的可卡因贩子。
莫里斯先生，我都不知道如何感谢您，您对我的帮助实在太大了！
他有胃痛的毛病：我给了他一片睡前吃的药。
记住，只吃一片，它非常有效……
他到死也没产生任何怀疑。也没有目击证人。
晚安，莫里斯先生……
“我决定让罪最轻的最先死，这样就可以避免长时间的恐慌。我们当然要定罪、要审判，但还是要基于良心，而这就体现在某些细微的差别和优先权上。”
“但我首先要让他们知道他们为什么受惩罚！那台唱机里的唱片对他们进行了指控。看看他们当时的表情！我真是太高兴了。这场明日风暴……多好的运气，多么了不起的剧作！”
TOC TOC TOC
荷花茶，长官。
啊？我说香柠！好吧，没关系！请把它放到桌子上来。
（咚咚咚）

谢谢，格劳尔小姐。
别分心，梅因警官。绿色文件夹里有一瓶十五年的陈年白兰地……给我的茶里倒一些。
咱们再接着看……啊，在这儿：
“在马斯顿的酒杯里下毒很顺利。当罗杰斯给他妻子拿来白兰地时，马斯顿把杯子放到了桌上。我经过时下了毒。”
“至于罗杰斯夫人，我很快就在她睡觉时杀了她。这很容易理解：任何人都能找到氰化钾来对付那些狡猾的女人。她当时都没怎么挣扎……”
麦克阿瑟将军死的时候也没受苦。他的头就像一颗75炮弹一样炸开了。我靠近他时，他并没有觉察。
罗杰斯也一样。他当时正在忙，什么都没看到。
当所有人都去找罗杰斯的时候，我溜进了隆巴德的房间，然后拿走了他的枪。我事先让莫里斯叫隆巴德去的时候带上一把枪。
她散步回来，我给她端了一杯咖啡，我在杯子里倒了一点氯醛，然后等着看她睡过去。
在和其他人会合之前，我很轻易地用阿姆斯特朗的一根针管给她注射了高浓度氰化钾，然后放出了一只蜜蜂，好让整个故事尽可能与童谣相符。
有些幼稚，是的。但有趣。

此时我需要一个同盟。
我选择了阿姆斯特朗来扮演这个角色。
一个容易上当受骗的人。对他而言，
我这样位高权重的人绝不会是杀手！
所以我告诉了他计划：
我得装成受害者，
必须假死……
因为只有我死了，才可能随处走动以查找“真正的”凶手。
他很喜欢这个主意。真是个蠢货。
计划进行得非常顺利。
克莱索恩小姐发现我悬挂在她房间的
海藻时惊声尖叫，所以他们都上楼了。
于是我坐到了“受害者”的位置上。
那晚我和阿姆斯特朗约好，他完全没有
起疑心……如果他记得那首童谣，
他就该明白，“一个葬鱼腹……”，
他就是那个葬鱼腹的。
法官大力一推，
让医生的头在岩石上撞得粉碎。
然后，就到了神奇的时刻：
只剩下三个心惊胆颤的人！
而其中一个还有枪！
我在窗边观察他们。
当布洛尔一个人回到房子的时候，
我就准备好那个巨大的大理石钟。
永别了布洛尔……
接着，我看到诡计多端的
维拉·克莱索恩朝隆巴德
开了枪。而我刚刚在她房间
安置了引她上吊的绳子！
真是有趣的经历，我当时
就在想，一根绳子是否足够
促使她上吊呢？结果维拉就
在我面前上吊自杀了，而我
当时就藏在她的梳妆间里。
事后，我把椅子放到墙边。
我找到了那把枪，
为了不要留下指纹，
我一直小心翼翼地用
一块手帕包住它。

把瓶中信扔进海里之后，我回到房间，躺在床上。只需要一个简单的机械原理，用一根拴好的橡皮筋来连结枪栓和窗户的把手，然后就是随后将要发生的一切：
有人会发现我躺在床上，前额中弹，这将与我的游戏玩伴们留下的书面记录一致。我的手边有一块无足轻重的手帕，一把离我很远的带有维拉·克莱索恩指纹的手枪，和地上的一根普通橡皮筋。
等到大海再次平息，就会有人过来，然后发现十具尸体和一个无法解开的谜。这就是他们会在士兵岛上找到的一切。
SEA DOG
STICKLEHAVEN
DEVON
天啊！
茶冷了……
梅因警官，您能重新续上茶吗？已经五点了。

帕斯卡尔·达沃兹

Pascal Davoz

作曲家、乐手、编剧。他曾与多家知名唱片公司签约合作。二十一世纪初，在德尔考特出版社的帮助下，他成为了一名漫画作家。随后，月光出版社相继出版了他的三部曲漫画。另外，他还是流行摇滚乐队“The Group”的成员。最近，正式加入了帕格出版社的他正在紧锣密鼓地筹备数本漫画的出版。

卡利克斯特

Callixte

卡利克斯特受过视觉艺术方面的培训，毕业于埃米尔·科尔学院，自 2002 年以来一直担任设计师、插画家和色彩师。曾参与绘制《马戈特的汽车调查》漫画系列。与此同时，他画了两部阿加莎·克里斯蒂的漫画：《尼罗河上的惨案》《无人生还》。